熊寶寶趣味
階梯閱讀

3至4歲

# 對不起

新雅文化事業有限公司
www.sunya.com.hk

熊寶寶趣味階梯閱讀（3 至 4 歲）
# 對不起

作　　　者：譚麗霞
繪　　　圖：野人
責任編輯：黃花窗
美術設計：陳雅琳
出　　　版：新雅文化事業有限公司
　　　　　　香港英皇道 499 號北角工業大廈 18 樓
　　　　　　電話：（852）2138 7998
　　　　　　傳真：（852）2597 4003
　　　　　　網址：http://www.sunya.com.hk
　　　　　　電郵：marketing@sunya.com.hk
發　　　行：香港聯合書刊物流有限公司
　　　　　　香港新界大埔汀麗路 36 號中華商務印刷大廈 3 字樓
　　　　　　電話：（852）2150 2100
　　　　　　傳真：（852）2407 3062
　　　　　　電郵：info@suplogistics.com.hk
印　　　刷：中華商務彩色印刷有限公司
　　　　　　香港新界大埔汀麗路 36 號
版　　　次：二〇一七年七月初版

ISBN: 978-962-08-6834-4
© 2017 Sun Ya Publications (HK) Ltd.
18/F, North Point Industrial Building, 499 King's Road, Hong Kong
Published and printed in Hong Kong

# 導讀

　　《熊寶寶趣味階梯閱讀》系列的設計是用簡短生動的故事，幫助孩子識字及擴充詞彙量，並從中學習簡單的語法及日常生活常識。這輯的故事是專為三至四歲的孩子而編寫的，這個階段的孩子剛開始識字，請父母先跟孩子共讀這些故事數次，然後讓孩子試試自己認字及朗讀。每一本書都精選一些常用字和基本句式，幫助孩子培養閱讀習慣，學會獨立閱讀並愛上閱讀，逐步增強自己的語言及思考能力。

## 語言學習重點

　　父母與孩子共讀《對不起》時，可以引導孩子多學多講，例如：

❶ **學習相反詞**：請孩子找出故事中的相反詞（輕輕地／重重地），並討論更多的常見相反詞，例如：高／低、前／後，哭／笑。

❷ **學習常用的動詞**：請孩子找出故事中有關動作的詞語（跑、拍、推、打、哭、玩、吵架），再教孩子一些別的常用動詞，例如：坐、走、寫、讀、看、聽等。

❸ **認識事情的因果關係**：從故事中，學習「如果……」帶出的因果關係。

## 親子閱讀話題

　　怎樣開始引導孩子從故事中產生個人的聯想呢？這個故事中，熊花花與熊寶寶吵架，父母可以先問問孩子故事中的內容：假如熊寶寶和熊花花一直吵下去，後果是什麼？如果你是他們，你會怎麼做？然後，父母可以問問孩子在日常生活中遇上的問題：你什麼時候跟兄弟姊妹或朋友們吵過架？當時發生了什麼事？……這樣討論的好處是讓孩子覺得閱讀和他的生活是有關聯的，並能引導他在閱讀中思考。

譚麗霞

熊寶寶和熊花花一起在草地上跑來跑去。

xióng huā huā qīng qīng de pāi le xióng bǎo bao yí xià

熊花花輕輕地拍了熊寶寶一下，

xióng bǎo bao yě qīng qīng de pāi le xióng huā huā yí xià

熊寶寶也輕輕地拍了熊花花一下。

熊花花重重地推了熊
寶寶一下。熊寶寶生氣了，
重重地打了熊花花一下。

xióng huā huā dà shēng de kū le qǐ
熊花花大聲地哭了起
lái　　　　xióng bǎo bao dǎ wǒ
來：「熊寶寶打我。」

熊媽媽問：「你們為什麼吵架？是誰先開始的？」

8

xióng bǎo bao zhǐ zhe xióng huā huā　　shì tā
熊寶寶指着熊花花：「是她！」

xióng huā huā zhǐ zhe xióng bǎo bao　　shì tā
熊花花指着熊寶寶：「是他！」

熊媽媽說：「如果你們在一起玩就吵架的話，那我送熊花花回家吧！」

熊寶寶和熊花花一起說：「不要！」

10

熊寶寶說：「對不起！」熊花花說：「沒關係！」

他們又一起在草地上跑來跑去。

11

# I'm Sorry

**P.4** Bobo Bear and Fafa Bear are running around on the grassland together.

**P.5** Fafa Bear pats Bobo Bear gently. Bobo Bear pats Fafa Bear gently as well.

**P.6** Fafa Bear shoves Bobo Bear hard. Angry, Bobo Bear hits Fafa Bear hard.

**P.7** "Bobo Bear hit me!" cries Fafa Bear loudly.

**P.8** "Why are you arguing? Who started it?" asks Mama Bear.

**P.9** Bobo Bear points to Fafa Bear. "She started it!"
Fafa Bear points to Bobo Bear. "He started it!"

**P.10** "If you are going to argue while playing together," says Mama
Bear, "I am going to send Fafa Bear home."
"No!" reply Bobo Bear and Fafa Bear at once.

**P.11** "I'm sorry!" says Bobo Bear. "It's alright!" Fafa Bear replies.
They run around the grassland together once again.

## 親子共讀

**1** 講述故事前，爸媽先把故事看一遍。

**2** 講述故事時，引導孩子透過插圖、自己的相關生活經驗、故事中的重複句式等，來猜測生字的意思和讀音。

**3** 爸媽可於親子共讀時，運用以下的問題，幫助孩子理解故事，加深他們對新字詞的認識；並透過故事當中的意義，給予他們心靈的養料。

### 建議問題：

封面：從書名《對不起》，猜一猜是誰做錯了事，以及他 / 她做錯了什麼事。

P. 4：熊寶寶和熊花花在什麼地方玩耍？

P. 5：為什麼熊花花和熊寶寶互相拍打？他們玩得開心嗎？

P. 6：為什麼熊花花和熊寶寶再次互相拍打？他們玩得開心嗎？

P. 7：熊花花為什麼哭了起來？

P. 8：熊媽媽為什事生氣呢？

P. 9：是熊花花做錯了，還是熊寶寶做錯了？猜一猜熊媽媽怎樣想？

P. 10：熊媽媽提出了什麼解決方法？熊寶寶和熊花花為什麼不同意呢？

P. 11：熊寶寶和熊花花最後怎樣解決問題呢？

其他：你有哪些好朋友呢？你喜歡跟好朋友做什麼？

你曾經令好朋友生氣嗎？當時的情況是怎樣的？你怎樣解決問題呢？

**4** 與孩子共讀數次後，請孩子以手指點讀的方式，一字一音把故事讀出來。如孩子不會讀某些字詞，爸媽可給予提示，協助孩子完整地把故事讀一次。

**5** 待孩子有信心時，可請他自行把故事讀一次。

## 識字活動

請撕下字卡，配合以下的識字活動，讓孩子掌握生字的字形、字音和字義。

**指物認名**：選取適當的字卡，將字卡配對故事中的圖畫或生活中的實物，讓孩子有效地把物件及其名稱聯繫起來。

⭐ 字卡例子：草地、她、他

**動感識字**：選取適當的字卡，為字卡設計配合的動作，與孩子從身體動作中，感知文字內涵的不同意義，例如：情感、動作。

⭐ 字卡例子：輕輕地、吵架、指着

**字源識字**：選取適當的字卡，觀察文字中的圖像元素，推測生字的意思。

⭐ 字卡例子：拍、推、打、指着，用圓點標示的字同屬「手」部

字形：像人的手形。（象形）
字源：原本指拳頭，無左右之分，後來畫上五個指頭，因為要便於書寫，漸漸地把手指部分畫成線條，但還是可以數出那五隻手指來。最後，演變成一撇和二橫「三」，就再看不出手指了。偏旁可寫成「手」或「扌」。

字源識字：手部

## 句式練習

準備一些實物或道具，與孩子以模擬遊戲的方式，練習以下的句式。

**句式**：角色一：對不起！
　　　　角色二：沒關係！

**例子**：角色一：[ 不小心撞到了角色二 ]
　　　　　　　　對不起！
　　　　角色二：沒關係！

## 識字遊戲

　　待孩子熟習本書的生字後，可使用字卡，配合以下適當的識字遊戲，讓孩子從遊戲中溫故知新。

**眼明手快**：選取一些字卡，排列在桌子上。一位成人負責發出指示，例如：「請取『生氣』字卡。」請孩子與同伴或另一位成人比賽，看誰能最快從桌子上找出「生氣」字卡，讓孩子從遊戲中複習字音和字形。

小貼士　每次選取不同組合的字卡，並排列在不同的位置。

**如果説**：利用「如果」字卡，創作一些因果關係的句子，更可進一步創作一些天馬行空的小故事，讓孩子從遊戲中發揮創意。

小貼士　可預備一些白卡，寫上一些關鍵詞語，供孩子創作句子或小故事時參考。

**相反詞**：選取一些字卡（輕輕地、重重地、大聲地、哭、開始），並放在神秘袋內，請孩子抽取一張字卡，然後説出該字卡的相反詞，讓孩子從遊戲中擴充詞彙量。

小貼士　可預備一些白卡，寫出孩子提供的相反詞，讓他認識更多新字詞。

熊花花

對不起

她

對不起

他

對不起

草地

對不起

輕輕地

對不起

重重地

對不起

大聲地

對不起

跑來跑去

對不起

拍

對不起

推

對不起

打

對不起

哭

對不起

吵架

對不起

指着

對不起

開始

對不起

生氣

對不起

和

對不起

也

對不起

又

對不起

一下

對不起

一起

對不起

是誰

對不起

如果

對不起

為什麼

對不起